Alina Malinova

Die Andere

(Erzählung)

Bibliographische Information der Deutschen Nationalbibliothek:
Die Deutsche Nationalbibliothek verzeichnet diese Publikation in der
Deutschen Nationalbibliografie; detaillierte bibliografische Daten sind im
Internet über http://dnb.dnb.de abrufbar.

Verlag: BoD • Books on Demand GmbH, In de Tarpen 42, 22848
Norderstedt
Druck: Libri Plureos GmbH, Friedensallee 273, 22763 Hamburg
ISBN: 978-3-7597-7804-8

Ein altes Buch mit vergilbten Blättern. Großmutter wollte nie, dass ich es lese. Obwohl ich sonst jedes Buch ansehen und durchlesen durfte. Ein verbotenes Buch. Erst jetzt beginne ich zu verstehen. Ein verschlossener Briefumschlag, den ich in ihm finde. Zwei alte Photographien. Nur eine lässt sich verifizieren, als ich sie Mutter zeige. Die andere? Mama schweigt. Erst nach mehrmaligem Drängen ringt sie sich durch, mir Antwort zu geben. "Damals bin ich evakuiert gewesen." Mehr nicht. Distanziert. Als wäre sie nie Teil dieser Familie gewesen. Ihrer. Und somit auch meiner. Ich weiß, in Zeiten des 'Großen Vaterländischen Krieges' sind viele Kinder jenseits des Urals sicher gewesen. Erwachsene auch. Wenn sie nicht bleiben mussten, wollten ... oder konnten. Der Riss. Mama und Großmutter sind sich später nie mehr nahe kommen. Auch nachdem sowjetische Truppen siegreich bis nach Berlin marschiert waren und bei ihrem Rückmarsch einen eisernen Vorhang um sich zogen. Frostjahre, Tauwetter, das sich mit neuem Frost, Offenheit, Umgestaltung und schließlich Chaos und Unheil vermengte. Tiefe Gräben, die sich quer über Generationen hinweg ziehen. Sie verbinden oder immer mehr trennen. Auch in unserer Familie. Schwarz oder weiß. Zwischentöne scheint es nicht mehr zu geben. Fehlende Brücken, all die Abgründe zu überwinden. Seltsam, ich bin unbewusst immer auf der falschen Seite gestanden. Alina - die Andere. Über den Namen meiner Schwester will ich nicht philosophieren. Später. Also Nomen ist Omen? Vielleicht ... Großmutter mauerte, wenn ich sie bat, über 'alte Zeiten' zu reden. Schweigen. Unbestimmt. Immer ein wenig Vorsicht bei allem Reden. Selbst mir gegenüber, die ich doch bei Babka immer so etwas wie eine Sonderstellung hatte. Ewige Fragen also, die doch unbeantwortet bleiben. Jahrelang. So oft ich auch fragte. "Das brauchst du nicht wissen, Kindchen ..." und wenn ich doch weiter drängte: "Es war Krieg - da galten andere Regeln ..." "Auch in dieser Sache?" Großmutter schweigt. "Vielleicht." Oder auch nicht. Nebelwände, wie ich sie nur aus den Tiefen meiner Pripjetsümpfe kenne. Ein milchiges Weiß nur an deiner Seite. Vor dir ... um dich. Und doch - vergleiche ich die Bilder, wie sie jetzt vor mir liegen, beginne ich zu verstehen. Zu verstehen, weshalb ich zwischen Mama und mir immer eine unsichtbare Mauer fühlte. Fühlen musste. Es hat nicht nur daran gelegen, dass Tacjana immer die bessere von uns beiden Schwestern zu sein schien. Vielleicht auch war. Ist. Auch darin will ich kein Urteil fällen. Zwischen Mama und mir ist immer ein viel zu reales Phantom gestanden. Jenes Mädchen, dessen Bild ich jetzt zwischen den Fingern halte. Anita. Ein anderes, zu gleiches Leben. Ein unausgesprochener Vorwurf auch. Was wäre gewesen, wenn es niemals eine 'Operation Barbarossa' gegeben hätte? Wenn Mama nie in die Fremde zu ihren Großeltern geschickt worden wäre. In jene andere Welt die ihre Mutter nie zu verstehen schien. Zu ertragen. Eine Gegenwelt. Tacjana-Welt, will ich es auf unsere Generation übertragen. Wenn Anita nicht 'in die Wälder gegangen' wäre, wie man damals sagte. Wenn ... Bruchstücke, die sich erst jetzt zu einem Mosaik zusammenfügen. Dreieckslinien, in die auch ich gerate, geraten bin. Geraten musste? Die Andere. Fragen, zu denen ich jetzt keine Antwort mehr finde. Wenn Großmutter mir mit jener nur ihr eigenen Sorgfalt die Haare zu einem schweren Zopf flocht - bin ich dann ihr Enkelkind gewesen ... oder? War es Anita, der sie immer mit Engelsgeduld die Geheimnisse ihrer Welt erklärte? Deren Aufgaben auch ich zu erfüllen hatte. Erfüllte. Auch wenn ich oft nur Sorge hatte, wieder einmal etwas falsch zu machen. Gemacht zu haben. Ist mein Trotz gegen Babka oft nicht Anitas in jenen Wochen nach Kriegsbeginn gewesen? Mein Leben? Oder kann ich auch dies so nicht vergleichen. Es war Krieg - da gelten andere Regeln. Auch dass vierzehnjährige Mädchen unter die Partisanen gehen, in die Fänge der Wehrmacht geraten? Eine Mutter auf der Schwelle ihrer Haustür den abgeschnittenen Zopf ihrer Tochter findet? Und alle wissen, was dies bedeutet. Ich will nicht weiter reden. Jetzt nicht. Später vielleicht.

Als es in meiner Familie nicht mehr ging, hat Großmutter mich mit einem Machtwort bei sich aufgenommen. Keine Widerrede. Gleichsam jenem anderen Mädchen knapp ein halbes Jahrhundert früher. Die Andere. Hinter unserem Rücken werden wohl viele im Dorf geredet haben. Damals. Nicht anders als in meinen Zeiten. Verbindet uns beide nicht auch ein weiteres geheimes Schicksal, das sich für mich immer mit Fischen in den Pripjet-Sümpfen verbindet? Tschernobyl desgleichen. Strahlenden Landen. Verboten. Verloren. Wer war Anita? Ein fröhliches

Bauernkind, das die ersten Klassen der Mittelschule besuchte, natürlich auch zu Hause mitzuhelfen hatte, mithalf. Mit ihrem älteren Bruder eine allgeschwisterliche Hass-Liebe teilte. Wohl nicht nur auf dem Schulweg mit ihren Freundinnen quatschte, vielleicht schon von einer ersten Liebe träumte. Und die doch viel lieber bei Babka ihre Zeit verbrachte. Oftmals, dass sie ihre Mutter erst spät des Abends nach Hause brachte. 'Ungezogene Göre.' Nur gut, dass sie wusste, dass ihre Tochter nicht irgendwo Unsinn machte! Das Mädchen jedoch auch, die ihr Vater 'gebrauchte', wie mir einmal Babka erzählte. Damals als ich in ihren Armen weinte. Die Andere. Und wieder ist stilles Verstehen gewesen. Oder kann ich auch dies nicht vergleichen. "Es war Krieg - da gelten andere Regeln." Ist also Tschernobyl nur das Argument gewesen? Mama hat mich mit keinem Blick angesehen, als sie mich, die ungezogene, nicht zu erziehende Tochter der Obhut ihrer fremden Mutter anvertraute. Hodinas trostloses Morgen- grauen als würdige Bühne. Wortloses Abschiednehmen. Mehr nicht. Oder war auch dies nur eine Reprise vergangener Zeiten? Was ist damals zwischen Mama und ihrer Mutter geschehen? Damals ... als sich nicht nur für Jahre die Türe zwischen ihnen schließen sollte. Eine neue, doch bekannte Familie, in die Babka ihre Kleine schickte. Niemand konnte wissen, ob sie sich jemals wiedersehen würden. Deutsche Truppen, die schon die Grenzen überschritten. In rascher Folge vorzudringen schienen. Vielleicht hat Großmutter noch die Taschen ihrer vierjährigen Kleinen zum Bus getragen, ihr beim Einsteigen geholfen, Abschied genommen. Sicherlich. Und dann? Ich stelle mir vor: Langsam entfernte sich der Bus in die Ferne. Hier kann niemand schnell fahren. Endlos gerade Straßen. Schwere Wolken, die tief über dem Boden liegen, sich im Horizont mit dem Land vermengen, dem Wald ... Oder ist es ein wolkenloser Tag gewesen? Ist Babka noch lange am Straßenrand gestanden ... ein kühler Wind, der sicher auch damals wehte, oder musste sie schnell wieder nach Hause zurückkehren ... oder? Warum ist Anita bei Großmutter geblieben, nicht Mama, ihre Tochter? Weil Krieg herrschte und Anita Rache nehmen wollte, musste ... Mit gerade einmal vierzehn Jahren. Wofür?

*

Kennst du Weißrusslands Wälder, ihre Einsamkeit, Endlosigkeit und Tiefe? Ihr Schweigen? Stunden, alleine durch sie zu gehen. Ewigkeiten, ohne andere Menschen zu sehen, Beeren und Pilze das Jahr über zu sammeln. Kräuter auch. Oder einfach nur Blumen zum Pressen. Steine, die an den Beinen reiben, wenn ich sie in die Rocktasche stecke. Kleine und große Tiere beobachten. Eine Welt ohne Menschen. Stunden, die ich am Fuß einer alten Buche verbringe, fasziniert eine kleine Maus betrachte, der ich kleine Bissen meines Mittags hinwerfe. Eine Vertrautheit, die ich gegenüber Menschen nicht kenne. Doch auch diesem Mäuslein ist immer Misstrauen mir gegenüber geblieben. Warum? Ich will ihr nichts Böses. Fragen, über Jahrzehnte hinweg. Auch Alina ist oft mit Körben tief in die Wälder gegangen ... und mit bunten Beeren, Melisse und Pfefferminz nach Hause zurückgekommen. Pilze konnten wir auf dem Markt verkaufen oder gegen Milch und Eier eintauschen. Gläser voll Marmelade im Keller, die nicht nur eingekochte Beeren füllten. Honig. Wie oft habe ich ihn beim alten Janko in Plastikflaschen gefüllt erstanden oder (viel seltener) gar geschenkt bekommen? Ich bin immer gerne zu dem alten Mann ganz hinten im Wald gegangen, habe (nicht nur) seine vielen Bienenstöcke bewundert, gelernt, wie es ganz einfach ist, mit all den Tausenden von Bienen in Frieden und Eintracht zu leben. Manchmal durfte ich sogar - mit triefend nassen Haaren - beim Entnehmen der Waben zusehen, sodann beim Honigbereiten mithelfen. Alinas Fluchtwelt, wenn ich jener anderen Welt daheim entfliehen wollte, In der geangelte Fische zwei Beine hatten. Nur Papa könnte verstehen, was ich damit meine. Wenn er denn verstehen wollte. Tacjana ist nie zum Angeln mitgenommen worden. Zum Markt später auch nicht, wo Vater die Fische kaufte, die er zuvor nicht fangen konnte, da er sich doch nur mit anderem beschäftigen wollte. Beschäftigte. Die Andere. Wie zum Hohn durfte ich sie aussuchen und nach Hause tragen. Lustlosigkeit, wenn ich an einem der Stände auf sie zeigte, 'unsere Beute'. Bewunderung hat nur *er* für seinen 'Fang' bekommen. Ich schwieg. Wie ich es immer tat. Tun musste. Die dritte Treppenstufe von oben knarzte, vergaß man sie auszusparen. Einerlei. Ich hoffte nur, alleine zu sein. Jetzt. Manchmal schaute dann Ihars Kopf durch die Türe. "Schon wieder zurück, Lonja?" (Wie sehr ich dieses 'Lonja' von ihm mochte.) "Mhm ..." "Und, wie war's?" Kurz überlegen. "Ein Hecht und irgendetwas kleineres, weißt ja, dass ich mich mit so etwas nicht auskenne." "Na, mach' dich nicht immer kleiner!" "Bin halt nicht Tanja." "Zwei wären auch zu viel der Sache." Ihar lächelt. "Kleiner

Vogel." Manchmal träume ich davon, dass ich nicht Ihars Schwester wäre. "Heute Abend soll es noch ein starkes Gewitter geben." "Meinst du?" "Hab's zumindest vorhin im Radio gehört." "Na dann Mahlzeit ..." Wir beide lachen. Kleines Vögelchen. Unten höre ich es in der Küche klappern. Eigentlich sollte ich jetzt nach unten zum Helfen gehen. "Komm' lass, hast schon genug getan für heute, oder?" "Mag sein ..." (Was weiß Ihar von uns beiden - Papa und mir? Ich muss ihn fragen. Irgendwann ...) Wenn ich mich später weigerte, zum Essen zu kommen, hat es wieder einmal Ärger gegeben. Oftmals auch mehr. Ungezogenes Mädchen! Tacjana ist nie mit mir in die Wälder gegangen. Ganz gleich, ob wir bei Babka oder Zuhause im Südosten waren. Alinas Welt. Nicht ihre. Eigentlich bin ich darob nur glücklich gewesen, wollte ich doch meine ewige Rivalin nie in meiner Fluchtwelt haben ... Das Heulen der Wölfe. Doch erst nachdem die Menschen gegangen worden waren, sind sie bis in die Häuser gekommen ... Ich muss mit Ihar reden! Nur wie?

*

"Wieder ... ach, wie hasse ich die Dunkelheit ... die Schritte, wenn ich sie höre ... wenn ich mich nicht wehren kann, darf ... Schweigen ..." Die Schrift so klein, dass ich sie kaum zu entziffern vermag, Lücken, die mir mehr denn volle Zeilen sagen. Anitas Schrift. Der Zettel könnte auch von Babka stammen, Alina, mir ... Und ich stelle mir vor ... das ewige Knarzen der drittletzten Stufe, gewiss hat auch Anita sie immer übersprungen. Fjodor vielleicht auch. Ihr Vater nicht. Warum auch? Wollte er doch nur zu seiner Tochter kommen. Wenn sie allein war. Keiner, der sie

stören könnte. Dabei. Was jetzt weiter noch reden. Anita würde schweigen. Wie es vordem auch Alina getan hatte. Das kleine Kind im Bettchen gegenüber ist noch zu klein gewesen, um zu verstehen, was die Erwachsenen taten. Ihr Vater ... Alina, die auf diese Weise ihr Aufenthaltsrecht in jenem Haus abzahlte. Jahrelang. Bis ihr Mann aus polnisch-russischen Wäldern wiederkehrte. Verlorene Jahre. Das kleine Mädchen war inzwischen größer geworden. Anita. Bald würde sie an die Stelle ihrer großen Ziehschwester treten. Das Knarzen der Stufe. Ein mittellanger Klageton. Wenn er wieder nach unten ging, desgleichen. Nur Alina konnte das Dazwischen verstehen. Anita. Verordnetes Schweigen. Kein Spiel. Wer wusste es in dieser Familie? Dunkles Licht, das beide immer enger zusammenschweißte. Ein stummer Blick in die Augen der anderen genügte. Warum konnte Babka auch später nicht darüber reden? "Manchmal stellst du seltsame Fragen, Kindchen?" Und ich verstehe. "Willst du zum Angeln mitkommen?" Hätte ich 'nein' sagen können? Der Wald ist mein Bruder. Ihars Augen, wenn er mir nach alldem durch den Türrahmen zulächelte. "Kleiner Vogel." Seltsam, dass *er* es niemals wagte, die Schwelle zu übertreten. 'Mädchenzimmer'. Was wäre gewesen, wenn *ich* zu ihm gekommen wäre? "Hier bin ich ..." Ich weiß, wie schwer es auch ihm gewesen wäre, mich abzuweisen. Kleiner Vogel. Bin ich doch schon lange nicht mehr ein Mädchen dieser Familie. Die Andere. "Ich bin nicht Alina." "Du spinnst, Lonja" Was weiter noch sagen ...

*

Das Strahlen der Erde. Erinnerungen. Was verstanden all die Männer von den Gedanken dieses sonderbaren Schon-nicht-mehr-Kindes? Tschernobyl. Begrabene Lande. "Willst du auch mal?" Fast gleichgültig reicht mir jener blutjunge Krieger sein Gewehr hinüber. Sein Blick zeigt gespanntes Abwarten. Welches Mädchen würde sich schon so etwas trauen? Seines gewiss nicht. "Zuckerpuppe", wie er vorhin zu mir sagte. Zwei Schritte, die ich näher trete. Anlege. (Wie viele Kriegsfilme habe ich schon gesehen in meinem Leben?) Ich zögere. Wende mich ab. "Ich kann nicht ..." Wortlos gehe ich nach draußen, mit einer Hand voll Löwenzahn zurückzukehren. Der Andere nickt. "Ich verstehe. Ging mir anfangs auch nicht anders." Doch wenig später bin ich es, die das tote Kaninchen auf den Wagen legte. "Du darfst nie in die Augen sehen, Alina ..." Ein jeder trägt seine Gedanken. Mal sind sie schwerer, mal leichter. Bei Tieren ist es nicht anders.

*

Erde, die nicht trägt, dich nur von Grasbüschel zu Grasbüschel leitet, kleine Schritte, vor, zurück ... zur Seite. Wasserlachen. Morast, der unter den Sohlen wabert. Gespenstisches Blubbern, bis du wieder sicheren Boden erreicht hast. Mächtige Stämme, nur mit vielen Schritten zu umrunden, wie oft versuchten wir Kinder, sie gemeinsam zu umarmen. Ihar, Tacjana ... Alina. Die Andere. Fingerdickes Moos, das auch nach Tagen voll Sonne Feuchtigkeit spendet. Ein grüner Panzer auf Boden, auf Stämmen. Regen, der auch an jenem besagten Tag die

Pfützen am Busbahnhof füllte. Kleine Tümpel, die man stets umgehen musste, wollte man nicht in patschigen Stiefeln durch tiefe Regenpfützen waten. Bis der Fahrer laut fluchend meinen Rucksack im Gepäckfach verstaut hatte, sind wir alle bis auf die Knochen durchweicht gewesen. Plastiktüten, die Babka auf die Sitze legt, ehe wir uns auf ihnen niederlassen. Regen, der auf den Bus hinauf prasselt, eine eintönige Begleitmusik als wir durch Hodinas Straßen fahren. Babka lächelt verschmitzt zu mir hinüber: "Bis Hrodna werden wir schon wieder trocken werden, Kindchen, ganz gewiss ... wirst schon sehen." Schon in diesem Augenblick bin ich Zuhause gewesen. Ganz so, als hätte es jene fast vier Jahrzehnte zwischen mir und jenem Mädchen auf der Photographie niemals gegeben. Anita ...

Ist Mama an jenem Montag, als sie mich zum Busbahnhof brachte, sogleich in die Arbeit gefahren? Oder ... Seltsam, auch wir haben später immer diesen Augenblick aus unserem Denken tilgen wollen. Als wäre er niemals gewesen. Papa ist erst gar nicht mitgekommen. Einfach aus meinem Leben verschwunden. Oder auch nicht. Was weiter noch sagen ... wie hätte es denn auch anders sein können. Distanziertes Abschiednehmen? "Pass' auf dich auf, Alina." Etwa so? Oder hätte er mich zum Abschied gar vor aller Augen umarmen sollen? (Nicht im Verborgen.) Oder? Ihar hat mich in den Arm genommen. "Kleines Vögelchen ..." Gedankenkreise: Du bist du durch mein ich ... doch ich bin nur Ich durch dein du ...

*

Sommer 1941. Ein paar Wochen zuvor ist Anita noch in die Schule gegangen. Aber auch das ist nun anders geworden. 'Zeitenwende' würde heute wohl ein bekannter deutscher Politiker sagen. Um ins nächste Dorf zur Schule zu kommen, mussten die Kinder mehr als eine Stunde durch den Wald oder, hatte man mehr Zeit, auf der Straße gehen. Sonne, Regen, Wind und Schnee - gar selten nur, dass uns ein Bekannter mitnahm, hatten wir den Schulbus verpasst oder der Unterricht dauerte länger. Manchmal konnte Anita auch das Fahrrad ihres Bruders ausleihen. Wenn er es nicht brauchte oder sein Freund mit dem Motorrad anbrauste, um ihn mitzunehmen. Wie gerne wäre auch sie einmal mitgefahren! Aber Mädchen tun so etwas nicht. Ganz besonders in diesem Alter. Mamas Machtwort galt ohne Widerrede. Punkt. Papa hätte sie vielleicht sogar mit Aleg ziehen lassen. Das Mädchen sollte doch auch mal eine Freude haben. Und auf den Burschen kann man sich eh verlassen. Aber Anitas Vater war nicht dafür da, bei solch lebensentscheidenden Fragen seiner Tochter mitzureden. Weiberkram. Ganz besonders in Erntezeiten. Fuhr er doch viel größere Maschinen. Nicht nur da. Später auch. Aber das ist wiederum eine andere Sache. Oder sollte ich schon jetzt von irgendwelchen Schlachten in Russlands Weite berichten? Andere Gefährte, die jetzt über die staubigen Straßen fuhren, als deutsche Truppen nicht nur diesen Landstrich im Nordosten überrollten. Schnittige Kerle, die auch nicht-arischen Bauernmädchen nachschauten. Wer will es ihnen schon verwehren? Dem Aussehen nach hätten ohnehin nicht wenige von ihnen sogar an höheren Stellen

Wohlwollen ernten können. Anita gewiss. Alina wohl auch. Trotz ihrer nun schon über dreißig Jahre. Oder gerade deswegen. Ist es also in solchen Zeiten nicht besser, vierzehnjährigen Mädchen so etwas wie Hausarrest zu geben? Auch wenn es bei manchen von ihnen wohl verlorene Liebesmühe wäre, solches anzuordnen. Ist doch mehr als vier Jahrzehnte später auch ein anderes Mädchen dieses Alters in die strahlende Wildnis gegangen. Der sechsundzwanzigste April 1986 ist ein traumhafter Frühlingstag gewesen. Die folgenden Tage desgleichen. Wer konnte denn ahnen, welches Schauspiel sich nur wenige Kllometer weiter südlich abspielte. Gespenstisches Licht. Die Parade zum ersten Mai musste vorbereitetet werden. Die Höheren und ihre Kinder, die trotz Frühsommerwetter Mützen trugen. Wir lachten. Auch später ist es lange nur bei Nebelwissen geblieben. Vodka, der als Heilmittel diente, dienen sollte. Nicht diente. Nicht nur uns beiden Mädchen eingeflößt wurde. Tacjana hat es natürlich ertragen. Wenn es hilft und sein muss, keine Frage! Alina nicht. Ein Kampf mit harten Bandagen, bis auch ich diese Medizin geschluckt hatte. Eine Nacht sodann, die ich für meinen bornierten Widerstand vor der Türe verbrachte. Als Strafe oder als Beweis für die Wirksamkeit der Maßnahme, kann ich nicht sagen. Vielleicht hatte Papa aber auch schon selbst viel zu viel von dieser Medizin intus. Wie wenig sie half erfuhr ich erst später. Weiter. Rasch gepackte Taschen. Nur das Nötigste. Am Ortsrand warteten schon Busse zum Evakuieren. Anweisung: "Keine Hunde und Katzen!" Soldaten, die beim Einsteigen all den unbelehrbaren Herrchen ihre Haustiere entrissen. In ein paar Tagen, würde man ja wieder zurückkehren. Oder auch nicht. (Manche Hunde sind den Bussen noch Kilometer weit nachgelaufen.) Sperrzone. Begrabene Erde. Nicht nur Häuser, die in der Erde verschwinden. Wir sind in Nummer zwei gewesen. Eine Großstadtwohnung in Hodina statt eines Häuschens im Grünen. Welch ein Privileg! In manchen Situationen ist es einfacher, eine Mutter mit Beziehungen zu haben. Ist sie doch nicht nur Rektorin unserer Schule gewesen. Eine neue Welt, in die wir drei Kinder erst hineinwachsen mussten. Ihar, der große, im nächsten Jahr würde er seinen Schulabschluss machen, ins Militär gehen oder auf die Uni. Tacjana-Alina, die beiden ach so ungleichen Zwillingsdoppelgängerinnen. Neue Welten. Die Andere ist nicht zum Stadtmädchen umzuerziehen gewesen. Auch jetzt nicht, als ihre Zwillingsschwester nur über das Glück jauchzte, endlich in der Stadt zu leben. Gefangene Vögel singen von Freiheit, freie fliegen! (Nur wer von uns ist 'frei' gewesen?) Wochenendliche Busfahrten hinaus in vertraute Gefilde; soweit die Busse mich trugen, per-pedes dann weiter. Strahlende Lande. Wie kurz können Tage im Geheimen dort werden. Nicht nur die jungen Soldaten lachten, wenn sie mich wieder in der gesperrten Zone trafen. 'Engel der Nacht' wie sie mich bald schon nannten. Vierzehn Jahre, wie Anita gewesen, als sie in die Wälder ging, ihren Bruder zu rächen. Gewiss wirkte ich ihnen jedoch schon viel älter. (Welches kleine Mädchen durchstreift denn sonst Wochenende um Wochenende alleine solche Wälder?) Großes Gelächter, wenn ich ihnen mein Mathebuch zeigte, mit dem ich auf der Busfahrt lernte. Der Strahlenmesser knackte, als ihn ein Schlaukopf auf es ansetzte. In einen Mogilnik habe ich es natürlich trotzdem nicht geworfen. Auch wenn ich es, wohl gleichsam jeder anderen Schülerin gerne getan hätte. Und doch habe ich nie bessere Nachhilfe bekommen als in solchen schlaflosen Nächten. Namen von Käfern und anderem Kleingetier der Erde, die ich ihnen dafür nannte. Eine kleine Schildkröte, die sie als Haustier hielten. "Alina" wie sie sie bald schon nannten. Oder wer kann schon Schildkröten erschießen? Aquarien, deren Inhalt sie in Bäche ausleerten, Kaninchen, die sie in die Freiheit entließen. Manches landete auch gebraten auf dem Teller. Strahlen konnte man auch so sich einfügen Hasenbraten nicht. Also warum jetzt noch darben? Witze bis tief unter die Gürtellinie. Ganz gleich, ob eine Vierzehnjährige dabei saß. (Oder gerade deswegen. Andere gingen gleich viel weiter.) Plünderer auch, die wirklich alles mitzunehmen versuchten; argumentierten, auch das bei uns in solchen Fällen übliche Mittel anzuwenden versuchten; deren Autos dann oft trotzdem einfach mit Panzerfahrzeugen platt gefahren wurden. Und ein Engel der Nacht dazwischen, nur eine Stoffmaske aus der Zementfabrik vor Mund und Nase. Tote Katzen einsammeln, Hühner. Anderes. Alles auf die Lastwagen werfen. Eine Bewegung die ich jetzt bei den Müllmännern in der Stadt wiedererkenne. Manchmal war auch ein buntes Meerschweinchen dazwischen, ein Eichhörnchen, wenn sie es in einem Anfall von Übermut von einem Baum herabschossen. Wie nur dekontaminieren, will man es ausgestopft mit nach Hause nehmen? Allgemeines Lachen. Welches Mädchen ist schon einmal in einem Schützenpanzer mitgenommen worden? Nicht nur ein

Mal, dass ich auf dem Rückweg neben Beeren, Pilzen, zuweilen Honig, gar Marmeladegläsern oder eingelegten Gurken auch Briefe im Rucksack mitnahm, um sie in Hodina einzuwerfen. Meine Welt. "Engel der Nacht ... komm' bald wieder!" „Gewiss doch!" Elterlicher Zorn zurück im Großstadtleben inklusive. Es half nur bedingt, nicht mit leeren Händen dazustehen. Für alles, was du auf der Welt tust, musst du einen Preis bezahlen. Diesen. Auch, wenn es hier nicht mehr Bootsfahrten waren. Vielleicht war es für Papa aber auch ein viel größerer Kick mit einem leuchtenden Mädchen zu schlafen. Schweigen. Früher ist Alina immer eine vorbildliche Schülerin gewesen. Als Tochter kann man es wohl nur bedingt so sagen. Himmel und Hölle, wie Mama immer über ihre beiden Töchter meinte. Natürlich ist ihr Alina dann nur die Hölle gewesen. Ihrem Papa das Paradies. Vielleicht. Oder doch nur die Büchse der Pandora. Ermessenssache ... Nicht nur durch Tschernobyl ist in unserer Familie so viel anders geworden.

*

Landkarten, die sich auf Alinas Küchentisch ausbreiten. Neue, alte, solche gar aus Zarenzeiten. Mühlesteinchen, die auf ihr die Front entlang wandern, wenn das heimliche Radio ihnen neue Standorte zuweisen konnte ... oder andere Quellen und Informationen. Offene Berichte, heimliche. Der Wald hat tausend Augen, tausend Ohren. Verschlossene Zungen. Schon bald hörte das Steinchen für Alinas Mann auf zu wandern. Nur ein kleines Tintenzeichen für einen Ort etwas weiter im Süden ist geblieben. Brest. Brest am Bug. Nicht in Frankreich gelegen. Ihar, Tacjana und Alina sind in der Schule nicht die einzigen Kinder gewesen, die ihre Großväter niemals sahen. Oder nur auf alten Photographien aus weit vergangenen Jahren. Uns ist das immer so etwas wie ein Ehrenmal erschienen. Verkehrte Welten. Seltsam, mit was Kinder vor ihren Spielkameraden angeben. Ist Babka ob dieser ihr auferlegten Witwenschaft unglücklich gewesen? Damals? Später? Ich kann es nicht sagen. Es mir nur vorstellen, nein nicht einmal das - wusste ich doch meine Großmutter jener Jahre nur als Heldin des Vaterländischen Krieges. Verblassende Photographien, die Ihar eines Abends stibitzte, um sie mit seinen Kumpeln zu teilen. (Komisch, heute sind es ganz andere Bilder, die sich Jungs in diesem Alter ansehen ...) Und auch wir Mädchen sind immer stolz auf Großmutters Ruhm gewesen. Erzählte man uns doch noch Jahrzehnte später von der Partisanin, die nicht in die Wälder verschwand ... oder nur für Stunden, um dann wieder in ihr Dorf zurückzukehren. Bis zum nächsten Einsatz in dieser genauso heiligen wie gefährlichen Sache. Babka schweigt, als ich versuche, sie auf diese Zeit anzusprechen. "Für andere ist es viel schwerer gewesen." Anita? Gibt es doch Dinge, die Kinder viel tiefer erleben. Solche. Tiefe Scharten, die Kinderseelen durchziehen. Begreifen sie doch mehr, als Erwachsene vermuten. Ein zweites Steinchen, das rasch zu wandern aufhörte und durch ein Tintenzeichen ersetzt wurde. Deutsche Truppen, die unaufhaltsam nach Süden vordringen. Nach Osten. Moskau entgegen. Ein drittes Steinchen, das sich später im Nirgendwo verlieren sollte. Und nicht nur Anitas Welt Welt schien sich aufzulösen.

*

Irina. Oder sollte ich besser Iryna sagen, wie sie ihre Mutter nannte. Scheinbar Namensvarianten nur, die doch gewollt, ungewollt viel tiefer gehen. Auch heute noch. Kannte ich doch eine zwar überzeugte Weißrussin, die nicht Alena heißen, sondern Elena bleiben wollte. Von den Ukrainerinnen und Ukrainern heute, die plötzlich ihre russischen Namen ablegten, ganz zu schweigen. Neue Staaten - neue Namen. Was also über Mama sagen? Können Photographien erzählen? Wenn *sie* mir nie über jene ersten vier Jahre ihres Lebens erzählen wollte. Vielleicht auch nicht konnte. (Was weiß man denn auch aus jenen ersten Lebensjahren, denn Gehörtes, drittes Berichten?) Ein kleines pummeliges Mädchen, das ich auf dem Photo sehe, große runde Augen, die Haare auf Großmutters Art streng zu einem Zopf geflochten. Auf dem Schwarz-Weiß-Bild lassen sich ihre Farbe nur ungenau bestimmen. (Viel dunkler als meine und Tanjas in jener Zeit wohl waren. Wie Ihars Haarpracht vielleicht.) Die wohl mehr auf Babkas Küchenbank saß, denn ins Freie zu gehen. Ganz zu schweigen davon, ihrer Mutter im Haus oder Garten zu helfen. Oder sich zumindest in kindlicher Art zu bemühen. Papas Kleine eben, wie Großmutter später mir sagte. Tacjanas Mama möchte ich ergänzen. Auch wenn ich jetzt wohl gegenüber beiden ungerecht werde. Ist sie doch zugleich auch Ihars und meine.

*

Verschiedene Welten. Damals schon. Ich kann mir nicht vorstellen, wie Babka mit ihrer Tochter klarkommen konnte. Auch wenn es nur vier Jahre waren, die sie miteinander verbrachten. 'Anspruchsvoll' gegenüber ihrer

Kleinen wird sie wohl auch damals schon gewesen sein. Davon kann ich ganze Liederbücher singen. Erst bei ihren Großeltern in der Fremde hat wohl Mamas Leben richtig begonnen. Eine andere Welt, die nie mit Babkas kompatibel gewesen. Eine andere Photographie spricht darob wohl Bände: Die kleine Pionierin Irina in der ersten Reihe anderer Mädchen. Ihr stolzer Blick, ihre jetzt schon fast hagere, durchtrainierte Jungmädchengestalt erinnert schon viel eher an Mamas Bild, das ich kenne. Ein zweites: Die junge Komsomolzin Irina beim Baumwollezupfen. Usbekistan 1954 in geschwungenen Buchstaben auf der Photorückseite. Ernteeinsätze in den Sommerferien. Auch ich hatte in diesem Alter solch ein Ferienerlebnis. Völkerverständigung der anderen Art. Wäre ich sonst je nach Mittelasien gekommen? Wohl eher nicht. Auch Shirin wäre ich nie begegnet. Jenem mir anfangs so fremden usbekischen Mädchen in unserer Erntebrigade, die mir nach nicht einmal einer Woche so vertraut und nah geworden, als wären wir schon immer zusammen gewesen. Frei allemal auf unsere Weise. Die Anderen. Ohne staatliches Wollen hätte mich Großmutter sicher nie in die Fremde gehen lassen. Gerade in diesem Alter! Allein nach Minsk zu kommen schien ihr eine kleine Weltreise zu sein, obgleich ich doch mit meiner halben Schulklasse reiste (oder gerade deswegen?). Aber wenn Vater Staat rief, ließ sich eben nichts machen. Ganz wie im Jahr zuvor. Immerhin sind es damals nur ukrainische Felder gewesen. Also sind wir mit unserem klapprigen Schulbus nach Hrodna aufgebrochen, dann mit dem Zug nach Minsk weiter (Nachtfahrt - in einem Wagon, Mädchen und Jungen, nicht getrennt, mit sechzehn Jahren!), dann noch einmal die fast vierzig Kilometer weiter gen Osten zum Flughafen. Und dann? Eine Propellermaschine auf holperiger Piste! Zwei Propeller auf jeder Seite! (In unseren Schulbüchern hatten Flugzeuge immer ganz anders ausgesehen. Immerhin waren wir doch schon Ende der Achtziger Jahre. Die glorreiche Sowjetunion. Perestroika! Im Großen Vaterländischen Krieg hatte es sicher solche Flugmittel gegeben. Nostalgiestück. Vielleicht wurde sie extra für uns aus dem Museum hergefahren. War es umgekehrt eine Schülergruppe aus Usbekistan, die in Weißrusslands Hauptstadt eingeflogen worden war, um Staub zu wischen? (Die Jungen natürlich, um sich dem Rost zu widmen. Rollenklischee.) Oder aus dem hintersten Kirgisien. Vielleicht eher. Minsk! Europa! Wahrscheinlich hatten diese Mädchen und Jungen daheim noch nicht einmal Frunse (heute Bischkek) gesehen. Wieder zurück haben sie dann in der Schule ihren Aufsatz geschrieben: "Mein Putzeinsatz in Europa". Oder was kann man dafür als besseren Titel finden? Die besten Beiträge werden dann feierlich in der Schule verlesen. Musikalische Begleitung dabei nicht zu vergessen. (Cello, Geige, Klavier - gewiss auch hierin wiederum nur die Besten!) Natürlich gibt es dann auch Auszeichnungen für die Heldenleistung! Immerhin sind wir zwischenfallslos und wohlbehalten in Taschkent angekommen. Allem Unken und Wehklagen Babkas zum Trotz. Und hätte sie dann auch noch gewusst, was uns drohte, wäre es gewiss nicht bei einem Abschied in Tränen geblieben. Als wäre es für immer und nicht nur für ein paar Wochen. Baumwolle also ...

"Das ist doch nur eine andere Art von Malven." Shirin sah mich verdutzt an, als ich ihr auf dem Weg zu unserem ersten Einsatz ein paar Tage später naiv (und zugleich überzeugt) mein diesgestaltiges Schulwissen offen legte. Verstand ich doch etwas ganz anderes unter Malvenpflanzen. (Malventee eben. Rot und in großen Tassen.) Verschiedene kulturelle Hintergründe. 'Clash of civilizations' - würde man es heute so sagen? Oder gilt das nicht für Malvenpflanzen? Mag sein. Auch wenn sich Samuel Huntington sicher anderes vorgestellt hatte. Schon rasch lernte ich Shirins ganz gewiss nur wirklichen Insidern vorbehaltene Handgriffe und Tricks bei der Baumwollernte kennen. Blind. (Mit geschlossenen Augen.) Wie sehr halfen sie mir, in diesem Sommer nicht als schwarzes Schaf unserer Gruppe dazustehen! Ganz im Gegenteil vielmehr. Sogar eine Auszeichnung haben Shirin und ich bekommen. (Ohne Cellomusik. Ob unser Bild auch in einer usbekischen Provinzzeitung stand - Seite siebenundzwanzig, ganz unten rechts - kann ich nicht sagen. Aber jetzt nicht angeben.) Und Abends auf der Pritsche konnten wir beide wunderbaren Malventee genießen. Natürlich hatte es Großmutter sich nicht nehmen lassen, mich für diese Reise ans andere Ende der Welt auch mit Tee aus ihrem Garten einzudecken. (Pfefferminze, Melisse, Kamille und auch Malve.) So als ob sie wirklich glaubte, bei diesen heidnischen Muselmanen würde es nur Kaffee zum Trinken geben (pechschwarz natürlich, von Zucker ganz zu schweigen.)

*

Shirin, Mittelasien, himmelhohe Berge im Rücken und Baumwolle. Zerschlissene Hände schon am ersten Tag. Talg, mit dem wir uns des Nachts die Hände einrieben. Des Morgens auch, bevor wir auf das Feld und zu unserer Arbeit hinausgingen. Ohne meine usbekische Freundin hätte ich später auf Taschkents Basar nicht einmal guten Tee bekommen. Wahrscheinlich hätte sich jener alte Händler nur umgedreht und mich stehen gelassen, wenn ich versucht hätte, ihn anzusprechen. Gar nicht einmal aus Unhöflichkeit oder böser Absicht. In der Theorie sprachen wir ja alle die gleiche Sprache. Von Königsberg im Westen bis Wladiwostok im Osten. Werden wir doch alle darauf schon in der Schule getrimmt, unser glorreiches Russisch zu sprechen. Dumm nur, dass er wohl die Schule lange vor der Oktoberrevolution besuchte. Vielleicht war ich ja sogar das erste Menschenkind der 'modernen' Welt, das ihm begegnete. War doch wohl Lenin sicherlich der letzte Name aus dem fernen Westen, den er gehört hatte. Oder Stalin meinetwegen. Ein, zwei Shirin-Sätze Usbekisch genügten, um ihn für uns zu gewinnen. Säckchenweise Tee, die er uns für nicht einmal einen Rubel reichte. "Meine Schöne!" Shirin. Also ist Namen doch Omen. Das leuchtende Stadtbild Taschkents habe ich dafür nie gesehen. Einerlei. Oder nur ein wenig.

*

Im Dorf hat es immer Gerüchte gegeben. So wie es in allen Dörfern auf dem Land ist. Gerede. Tiefe Vorkriegszeiten. Eine schlanke junge Frau, verschlossen, allen anderen gegenüber nicht anzusprechen, die plötzlich im Dorf auftauchte. Arbeit suchte. Fand. In den Erntemonaten besteht hier immer Bedarf an Arbeitskräften. Auch für Menschen, die beharrlich schweigen. Oder nur das sagen, was gesagt werden muß und nichts weiter. Verworrene Zeiten. Der junge Mann, dem sie folgte, packte an. Sie nicht minder. Ob weiß oder rot spielte keine Rolle. Oder nicht hier in diesen abgelegenen Breiten zwischen Polen und sowjetischen Landen. 'Leningrad' sagten die Einen. Dagegen schienen jedoch ihre Hände zu sprechen, ihre Art anzupacken, ihre stark polnisch gefärbte Sprache (sie war Großmutter auch noch Jahrzehnte später ganz eigen.) Aus Vilno, meinten die anderen. Eine unglückliche Liebe oder anders. So schien es zumindest allen, die sie sahen, mit ihr reden wollten und immer nur ein paar Worte als Antwort bekamen. Der fremde Mann ist nach ein, zwei Wochen so plötzlich verschwunden, wie er aufgetaucht war an jenem Frühsommermorgen. Das Mädchen blieb. Ein Platz ließ sich finden. Arbeit gab es wahrlich genug für fleißige Hände. Die Andere. Mehr kann ich nicht erfahren aus jener Zeit zum Ende der zwanziger Jahre, in denen ein jeder versuchte nicht besonders auf- oder zumindest durch das sich immer enger zuziehende Netz des Staates hindurchzufallen. Die kleine Anita war gerade geboren, ein schwieriges Kind. Da konnten die flinken Hände dieser Fremden nur helfen. Eine Kammer zu finden war keine Sache. Kindermädchen, Magd kann man so etwas in jenen Jahren des zweiten Fünfjahresplans noch sagen? Es gibt eine alte Photographie Großmutters bei der Feldarbeit mit einem kleinen Mädchen auf dem Rücken, 'Anita 1929' in einer mir unbekannten Schrift auf der Rückseite des Bildes. Knapp zwei Jahre ist die Kleine damals gewesen.

Babka achtzehn oder neunzehn Jahre. Ein schönes Bild finde ich. Mutter und Kind, ach nein, zwei altersmäßig ungleiche Schwestern. Die Bindung zwischen ihnen ist immer eng geblieben.

Acht Jahre später sollte unvermutet jener fremde Mann von einstmals wieder auf der Bühne erscheinen. In Polens Wäldern sei er gewesen, so schon bald die Erzählung. Eine wilde Zeit; allerhand Waren, die er über die Grenze brachte. Menschen auch, die Stalins Reich entkommen wollten. Entkamen. Oder umgekehrt dorthin gelangten. Hin und her. Her und hin. Er ist nicht der Einzige in der Gegend gewesen, der diesen Lebensweg einschlug, wie mir fast ein halbes Jahrhundert später ein altes Mütterchen aus dem Dorf erzählte. Schmuggler, die im Morgengrauen in jenem Ort nicht fern der Grenze auftauchten, ihre Waren übergaben, zum Kauf anboten und mit wiederum neuen in die Gegenrichtung aufbrachen. Wilde Stories über das Zusammentreffen mit Grenzern auf beiden Seiten. Wahrheit, oder nur bunte Gerüchte? Einzig Babka hätte sie mir bestätigen oder abstreiten können. Ob sich die beiden in jenen Jahren trafen? Keine Ahnung. Welche Rolle spielte Großmutter in jener Geschichte? Sie schwieg. Damals und später. Der Mann wohl desgleichen. Am Ende der Straße durften sie sich ein Häuschen bauen. Zwei Räume unten, der eine durch eine Holzwand geteilt in zwei kleine, unter dem Dach eine kleine Kammer. Aber stopp - das erst Jahre später, als man das Haus nach dem Krieg neu aufbaute. Alinas Reich fast ein halbes Jahrhundert später. Ein Eichhörnchen, das zuweilen unter den Dachbalken spielte. Vielleicht ist es auch ein Siebenschläfer gewesen.

Regentropfen, die kleine Konzerte auf dem Dach aufführten: tock - tock ... tocke-tocke tock ... tock. Im Folgejahr wurde Iryna geboren. 'Papas Kind'. Mehr war nicht zu sagen. Gewiss war auch damals Anita Tag um Tag bei Alina. Blieb sie doch auch jetzt noch Babkas Mädchen. Geschwisterliebe der anderen Art. Der Bus von der Schule hielt am Ortseingang direkt vor der Türe. Was dann noch weiter laufen, wenn sie doch nicht nach Hause wollte? Oder eben erst später. In Alinas Kräuter- und Gemüsegarten gab es so viel zu erleben und lernen. Nicht nur Pflanzennamen. Oder wenn dann auch noch in anderen Sprachen. "Was heißt Brombeerpflücken auf Französisch?" "Cueillette de mûres." War da noch eine Reminiszenz aus ganz alten Petersburg-Zeiten? ("Erzähl', Großmutter, bitte!" "Ach Kindchen ..." Manchmal hatte dann Babka von ganz alten Wochenendausflügen zu erzählen begonnen: "Weißt du, damals bin ich ganz klein gewesen. Na, ja, vor dem Großen Krieg ist es gewesen. Sogar den Zaren und seine Familie habe ich einmal gesehen. An einem schönen Herbstnachmittag ist es gewesen. Dein Urgroßvater hat mich auf die Schulter genommen, damit ich besser sehen konnte. Uch, da sind so viele Menschen gewesen ... sicher wäre Klein-Alina zertrampelt worden, wenn ich nicht so hoch in der Luft gewesen wäre. Und eine der Prinzessinnen hat mir zugewinkt. Ob es Anastasija war, kann ich dir nicht sagen. Vielleicht hat ihre Zofe sie sogleich zurechtgewiesen. Sicherlich. Aber halt, ich wollte ja vom Brombeerpflücken erzählen ...") Manchmal hatte sie Anita oder mich auch in die Pilze mitgenommen. "Aber pass' genau auf!" Noch Wochen später musste sie dann wahrscheinlich jeden von ihr gesammelten Pilz zur Kontrolle vorlegen. Bei manchen Beeren und Kräutern sicher desgleichen. Zumindest bei mir ist es immer so gewesen. Und war ich daheim im Südosten, musste ich ihr sogar gepresste Schafgarbe per Post zur Begutachtung senden. Bärlauch natürlich auch. Es hätten ja auch Maiglöckchen sein können! Und noch einmal später – als ich schon längst bei Babka lebte - grinste Postbote immer, wenn er mir einen Brief überreichte: "Ein Brief aus Hodina für dich." Ihars krakelige Schrift, die ich auf dem Kuvert erkenne. Kleines Vögelchen. Mein Herz möchte zerspringen ...

*

Panzer rollen. Soldaten marschieren, kämpfen. Flugzeuge am Himmel. Bomben, die nicht nur Häuser zerstören. Hitler und Stalin haben die Lande im Osten unter sich aufgeteilt. Ribbentrop, Molotow. Das Baltikum ist sowjetisch gemacht worden. Ein Winterkrieg, nicht nur um Finnlands Osten. Deutsche Wehrmacht überrollt Polen, Land um Land. 'Blitzkrieg' ist zum neuen Begriff geworden. Schon seit September neununddreißig wird 'zurückgeschossen'. Krieg in Europa. Im Westen, im Süden, im Norden. 'Spezial-Operation' würde heute vielleicht ein anderer größenwahnsinnig gewordener Feldherr rufen. Neue Namen für vertraute Regionen. Neue Grenzen. Warthegau etwa. Fast ein Schuljahr währte es, bis ich verstand, das es nichts mit 'warten' zu tun hatte - чакать. Worauf denn? Auf den Vormarsch deutscher Truppen auch im sowjetischen Osten? (Mama hat diese meine Deutung im Geschichtsunterricht immer vor allen angeprangert. Geschichtsverfälschung. Das falsche 'h' konnte ich immerhin mit altmodischem deutsch à la "Rath" begründen. Tacjana im gleichen Klassenzimmer ist dann ob solcher Argumente ihrer dummen Zwillingsschwester klein und kleiner geworden. Die übrige Klasse lachte. Wie gefährlich das Ganze für mich auch noch in Zeiten von Perestroika und Glasnost' hätte werden können, begriff ich erst später. 'Operation Barbarossa'. Nach nur Tagen schien die neue Weltordnung auch hier in Sowjetlande Einzug zu halten. Blutjunge deutsche Soldaten, die unser heiliges Russland betreten. In manchen Orten warteten Mädchen und Frauen am Straßenrand mit Blumensträußen in den Händen. Stalin sei Dank. Wer konnte denn ahnen, dass hinter diesen Soldaten genauso schlimme Kettenhunde folgten. Schlimmere? Als ob es eine unsichtbare Gleichung gäbe: rot, das ist braun. Großer vaterländischer Krieg. Auch im fernen Nordwesten. Viele Männer sind in die Wälder gegangen. Manche Frauen auch. Wenn sie nicht in Stalins Armee dienten. Krieg ohne Frieden. Zerstörte Eisenbahngleise, Brücken, den Feind aufzuhalten. Tote auf beiden Seiten. Soldaten, Zivilisten. Der rote Hahn, der den Himmel einfärbte. Mehr denn sechshundert Dörfer, die deutsche Besatzer und ihre Helfershelfer allein in weißrussischen Landen zerstörten. Wie viele Leben - darüber will ich jetzt schweigen. Zu viele. Anita war schon immer ein fröhliches Mädchen gewesen, die lachte und weinte, wenn es ihr danach zumute war; die pflegeleicht sein konnte (sogar für Mama und auch ihren älteren Bruder!), oder eben ungenießbar, wenn sie ungenießbar sein oder ihren Kopf hoch tragen wollte. Wie alle Mädchen ihres Alters. Und natürlich auch die Jungen. Wie oft war sie direkt von der Bushaltestelle am anderen Ende des Dorfes (der Bus kam immer erst spät aus der Schule - in meiner Zeit war es stets sechzehn Uhr und zwölf gewesen, wenn pünktlich, zu Fuß war es eigentlich viel schneller) zu Alina gerannt, um von Babka eine neue Geschichte zu hören, Beeren zu pflücken (im Herbst Birnen und Äpfel), sich anderwertig nützlich zu machen, oder einfach nur mit der kleinen Iryna auf dem Küchentisch Puppenmama zu spielen. (Tacjanas heiß geliebten Kaufladen mit seinen vielen Schächtelchen und Kisten - ich hasste ihn wie ihre Besitzerin selber - gab es erst vier gewitterschwere Jahrzehnte später.) Aber eigentlich war das nie Anitas Sache, wollte sie doch immer viel lieber draußen im Freien spielen. Vielleicht auf derselben Eiche, deren einer Ast sicher schon damals weit über die Straße reichte. Wie oft klammerte ich mich dann faultiergleich mit Füßen und Beinen an ihn, um mich kopfüber nach unten zu stürzen, kam jemand harmlos des Weges. Ein schwerer Zopf war das erste, mit dem der Wanderer kollidierte. Später hat es mir Babka verboten. Warum brauche ich wohl nicht zu sagen. Auf alle Fälle nicht des Baumes wegen! Aber zurück - ob Anita auf die gleiche Idee gekommen ist, kann ich natürlich nicht sagen. Vorstellen könnte ich es mir aber, auch wenn Babka nie davon erzählte. Vielleicht fehlte ihr dafür aber auch meine Erfahrung aus den Pripjetsümpfen. Abends kam dann Anitas Mama, sie mit ewig gleichen Worten von ihrem früheren Kindermädchen abzuholen: "Nur gut, dass ich wenigstens weiß, wo ich dich immer finde!" Anita zuckte mit den Schultern, so als wollte sie Babka und ihrer Mutter erwidern: "Ich kann doch nichts dafür, dass ich hier so gern bin." (Und fast triumphierend: "Und in Mathe habe ich heute eine 'sehr gut' bekommen!" Was gibt es dann für stärkere Gegenargumente? Ausnahme: Die Mutter ist Rektorin der nämlichen Schule: "Aber deine Note in Englisch ist wieder unter aller Kanone, Lina!" Nun ja, Englisch-Konversation ist nie so ganz meine Stärke gewesen. Ganz im Gegensatz wiederum zu meiner Vorzeigeschwester. Klassenbeste. Mit Auszeichnung! Und Anita lernte ohnehin eine andere Sprache.) Klein-Iryna saß derweil auf ihrer Küchenbank. Ein Schüsselchen mit Spinat vor sich, mit dem ihr Löffel aber doch nur spielte. Platsch. "Krrch, lass das, Ira!" So stelle ich es mir zumindest vor. Gewiss ist dann Anita schnell zu ihrer kleinen Freundin gesprungen. Ein Mädchen irgendwo dazwischen. Vielleicht auch ihrem Vater schon viel zu fremd geworden. Oder zu nah. Machte er doch schon bald mit ihr das Gleiche, was er bereits seit mehr als einem Jahrzehnt mit Alina machte. Beider Ehepartner schwiegen ob dieser Sache. Wollte man doch im Dorf kein Gerede. Schweigen ist besser als reden. Nicht nur in jenen Stalin-Terrorjahren. Nicht anders, als Babka mich zu sich aufnahm. Warum ich so plötzlich hier auftauchte? Blieb. Nicht nur für die Wochen in den der Sommerferien, die Ihar und die beiden Zwillingsmädchen bei ihrer Großmutter verbrachten. Das fremde, strahlende Mädchen aus dem Südosten, die doch alle hier kannten. (Tschernobyl!) Die blieb - warum? Irgendwelche Gründe musste es sicher schon haben. Die Andere ...

*

Mit Shirin konnte ich zum Glück immer Englisch vermeiden. Sollten wir doch untereinander nur Russisch sprechen. (Sogar beim Baumwollpflücken gibt es

Aufpasserinnen!) Und Deutsch als Geheimsprache war ohnehin viel besser. Nicht nur weil wir es beide erstaunlich gut konnten. (Tacjana nicht! Mama wollte es aus Prinzip weder hören noch selbst sprechen, obwohl sie es in der Schule lernen musste. Zwei schlagende Argumente, die sich natürlich bei ihrer ungezogenen Tochter ins Gegenteil verkehrten!) Also Deutsch als Fremdsprache beim Baumwollezupfen - Shirins Versuche mich mehr als nur marginal in Usbekisch einzuweisen, scheiterten übrigens genauso wie mein umgekehrtes Bemühen. (Wer will schon Weißrussisch lernen. Niemand! Auch damals schon. Lukaschenka wusste wohl genau, warum er es in die Sprachmottenkiste zurücksperrte.) So weit reichte Moskaus Vorstellung von Brüderlichkeit also nicht ... Aber immerhin konnte ich meinen Schulaufsatz zum Thema Baumwollernte wenige Wochen später mit vielen einschlägigen Fremdwörtern garnieren. Ob meine Klassenlehrerin deshalb extra nach Hrodna fahren musste, um in der Bibliothek ein usbekisch Wörterbuch zu finden, kann ich nicht sagen. Musste sie doch als gewissenhafte Vertreterin des Staates jedes Wort ihrer Schüler kontrollieren. Es hätte ja auch etwas Konterrevolutionäres sein können. Am Tag nach der Abgabe ist sie immerhin krank gewesen. Das wollte ich doch nicht! Obwohl ... wir alle in der Klasse darüber recht glücklich waren. Der nächste Test wurde verschoben ... Woche um Woche ... Irgendwann Anfang November haben wir ihn trotzdem geschrieben. Vertretungslehrer! Vielleicht gibt es ja in Hrodnas Bibliotheken dunkle Wendeltreppen. Knarzende Stufen, nach innen hin immer enger werdend. Dass jede zweite Glühbirne ausgebrannt war, machte es noch gefährlicher. Die Bibliothek alphabetisch geordnet. Also 'u' wie 'usbekisch' fast ganz oben unter der Decke. 'B' wie 'weiß- oder belarussisch' natürlich ganz unten. 'Russisch' immerhin in der Mitte. Also bei jedem neuen Wort von oben nach unten klettern und umgekehrt. Mit Zehnzentimeter-Hacken! Oder diese arme Lehrerin hat alternativ gleich jenes Propellerflugzeug nach Taschkent genommen (Fortbildung!). Ich habe nie Katastrophen-Berichte in der Zeitung gelesen. Für Radio und Fernsehen wäre alles sicherlich viel zu unwichtig gewesen. Nun ja, vielleicht hat sie in Usbekistan aber auch einen netten Mann gefunden und ist geblieben. (Verständlich, wäre ich doch auch weit, weit geflogen, um unserer Schule zu entkommen. Sogar mit einer Propellermaschine ohne Vorreinigungstruppe.) Gönnen würde ich es ihr schon. Taschkent ist doch etwas anderes als ein Provinznest irgendwo in der Pampas bei uns oben. Babka wollte umgekehrt nie, dass ich Shirin einmal zu uns einlade. Eine halbe Chinesin und noch dazu Heidin, die weder orthodox ist, oder meinetwegen andere Christin. Aber Mohammedaner, nein das war sogar schlimmer als Atheistin! Dass sie nichts von alldem war, konnte ich Großmutter nicht beibringen. Nein heißt nein. Punkt. Und außerdem: "Was du nicht kennst, kannst du nicht verlieren!" Auch Briefkontakt war natürlich über rein Schulisches hinaus ein No-go. Großmütterliche Zensur kann Gift sein. Viel schlimmer, als wenn Vater Staat schnüffeln würde. Dass Shirin schon bald nicht mehr schrieb oder schreiben wollte - wer will es ihr verübeln. Alina weinte, einen vollen Tag lang, sogar beim Piquieren war ich diesmal nicht zu gebrauchen. (Obwohl ich das sonst immer sehr gerne machte.) Zerstobene Träume. Wie schön wäre es gewesen, sie mit Ihar zusammen zu bringen. Irgendwie. Vielleicht hätte ja der Njemen dabei geholfen. Gewiss, liebten es doch beide zu schwimmen. Shirin unten am Fluss, die Haare ungeflochten zwischen den Zähnen, ihr Blick zu Ihar gerichtet, ach ich kann es nicht beschreiben. Ich bin sicher, sie hätten sich verstanden. Wie auch anders?! Und verstecken hätte sich Ihar mit ihr auch nicht müssen. Ganz im Gegenteil! Nomen ist omen. Ihar - Shirin. Und damit auch wir beide. Jahre später habe ich einen Stapel mir unbekannter Briefe gefunden, Mamas handschriftliche Kommentare an der Seite. Wenn es als Absender ein Suleiman gewesen wäre, hätte ich vielleicht verstanden. Aber doch nicht Shirin! Als ob meine Mutter nicht wollte, dass auch ich einen Freund oder eine Freundin hätte. Oder gerade deswegen. "Du bist eine Hexe!" Aber auch das ist eine andere Sache ...

*

Shirin ist einfach verschwunden. Von einem Tag auf den anderen. Ohne nichts, so als hätte es mich niemals gegeben. Keine Antwort auf Briefe. Wollte ich sie anrufen (natürlich nur von einer Telefonzelle in Hrodna), ließ sie sich von ihrer Mutter verleugnen. Ghoasting nennt man das, glaube ich, in neuer Sprache. Wie weh das tat, brauche ich nicht zu sagen. Wie oft ich es trotzdem immer wieder versuchte, noch viel weniger. Was ist schlimmer, als in den Wald hinein zu rufen und es gibt kein Echo? Nur *deine* Stimme hallt hindurch zwischen Bäumen und Sträuchern. Andere scheint es dir nicht zu geben. Oder nur als Hintergrundlaute. Vielleicht sind einzig die Prüfungen am Jahresabschluss meine Rettung gewesen. Gibt es doch jetzt Wichtigeres im Leben, als an eine verschwundene Freundin zu denken! Theoretisch. Praktisch langsam auch. Die gerade noch offene Wunde verschorfte. Aber wehe, wenn ich an sie stoße. Meine Freundin Shirin. Und doch, wenn ich mich jetzt mit Distanz erinnere, ist es mir, als ob ich zwei Shirins gekannt hätte. Jene Shirin, mit der ich mich durch Baumwollfelder kämpfte, einen Korb voller wolligem Weiß auf dem Rücken und Abends mit zwei Teebechern auf einer kratzigen Decke. Ein Wirbelwind, mit dem Ich durch die Hölle gehen konnte. Von der ich nachts (und oft auch tags) träumte und träume, die mich mit Blicken wahnsinnig machen konnte, auch wenn ich gerade nur ein Buch lesen wollte. Doch manchmal, nur Minuten später jene andere Shirin, die kalt wie gefrorenes Eis sein konnte. Wutausbrüche, die alles Gewesene in Staub auflösen wollten. Auch Freundschaften, von der man eben noch gemeint hatte, sie könnten niemals enden. Die Andere. Manchmal war es wirklich nicht einfach, nicht zu wissen, welcher Shirin man an diesem Tag begegnen würde. Und so hatte ich oft auch Angst, mich mit ihr zu treffen, obwohl ich mich doch eigentlich so unsagbar freute, mit ihr zusammen zu sein. Ungesunde Wechselbäder der Gefühle, die oft mehr zerstörten als sie bauen hätten können. Vielleicht hatten Mama und mit ihr dann Babka doch Recht gehabt, dass sie Shirin und mich trennen wollten. Trennten. Bis sie von selbst den Schlussstrich ziehen wollte. Zog. Welche von beiden? Ist also doch alles gut so gewesen?

*

Toxische Beziehungen - ist dies quasi als Leitmotiv dieser Geschichte anzusehen? Unserer Familie, hinweg über Generationen. Hätte Mama überhaupt eine Chance gehabt, mit Anita (die ihr vor Babka um Welten überlegen zu sein schien!) um die Gunst ihrer Mutter zu kämpfen? Nach meinem Ermessen wohl kaum. War doch Großmutter nie um einen Ausgleich bemüht, wenn sie fühlte, dass jemand nicht ihrer Linie folgen wollte, konnte und folgte. Schwarz oder weiß. Zwischenschattierungen schien es ihr nicht zu geben. Punkt! Entweder man 'passte' (das heißt in ihren Augen auch: passte sich an!), oder nicht. Wenn zweiteres, musste man sich stets mit kalten Windhauch im Zusammensein abfinden. Anita schien in ganzer Linie zu 'passen', bei Iryna - ihrer eigenen Tochter! - schien sich Tag um Tag alles weiter abzukühlen: "Papas Kind eben", die viel lieber faul auf der Küchenbank saß, anstatt ... Konnte es in Großmutters Weltsicht denn eine vernichtendere Abwertung denn dieses Statement geben? Nein! Lediglich meine Schwester schien ihre Mama übertreffen zu können. Aber das ist schon eine Generation später. Seltsam, über Großvater wurde in unserer Familie nur geschwiegen. Von Großmutter. Ihren Schwiegereltern. Von Mama. Als wäre er nie Teil der Familie gewesen. Konnte Mama überhaupt etwas von ihrem Vater wissen? Erzählen? Sie war ja noch klein. Knapp drei oder vier Jahre. Oder wollte sie es nicht? Wurde doch auch in der Familie ihrer Großeltern über deren Sohn (also Mamas Vater) nie ein Wort verloren. Warum? Ich kann es eigentlich nur mit der Zeit erklären, der gesellschaftlichen Stellung dieser streng sozialistischen Familie. Schwarze Schafe, die zur

Gefahr ihrer Angehörigen werden. Verleugnung, um nicht selbst unterzugehen? Ich weiß es nicht. Ihre bei sich aufgenommene Enkelin haben sie zumindest zu einer überzeugten Kommunistin erzogen. Mir fremd. Großmutter Tacjana ist mir immer eine fremde Person geblieben. Ihre Welt nicht minder, die ich nie verstehen, akzeptieren konnte. Akzeptierte. Ist deshalb meine Zwillingsschwester immer ihr Herzekind gewesen? Mamas Kind. Nicht-Alina. Ganz anders wie ihre polnisch-kleinrussische Großmutter eben. Die Andere. Großvater der unbekannte Mann an Babkas Seite. Großmutters Mann (nicht einmal ein Hochzeitbild scheint es von ihnen zu geben, keine Briefe zwischen verliebten Seelen aus den Monaten oder gar Jahren bis zu dieser Ehe), Irynas Vater, gestorben in den ersten Tagen des Vaterländischen Krieges (auf welcher Seite ist er im Kampf gefallen?). Also Kapitelende, offene, nie geklärte Fragen? Konnte Babka denn überhaupt um ihren Ehemann trauern? Wollte sie es überhaupt? Oder musste sie nur selbst überleben? Wer war also dieser Mann, über den mir niemand im Dorf mehr sagte, als: er sei Großmutters Mann gewesen. Die Sache mit Polen natürlich auch, von der ich schon erzählte. Phantastische Geschichten, wie sie fast alle Grenzlande kennen. "Eigentlich ein guter Mann, hat nur manchmal getrunken, nicht geschlagen", Babkas Worte, ohne Genaueres hinzuzufügen. Und wiederum bleibt nur Nebelwissen. Wer ist dieser Mann gewesen? Unwillkürlich beginne ich zu rechnen. 1938 ist er nach Jahren wieder erschienen. "Mein Retter." Bezogen sich diese Worte auf Anitas Vater? Nur auf ihn? Ein Haus, das sie am Ende des Dorfes bauten. Babkas Haus. Nach dem Krieg erstand es

*auf aus Ruinen. Anders. Neu. "Und das ist gut so!"
Seltsam, auch Mama scheint sich nicht mehr an diese Zeit
zu erinnern.*

*Die junge Komsomolzin auf dem Photo. Großmutters Kind.
Ohne Vater? „Er ist im Krieg gefallen." Seltsam, in unserer
Familie hat es auch um dieses Thema nie eine Geschichte
gegeben. Anita und Babka sind gemeinsam in die Wälder
gegangen. Ein absurder Gedanke plötzlich: Ist Anita etwa
Mamas erzwungene Schwester? Auch Babka schien sich
bald schon nicht mehr wirklich um ihr Kind zu kümmern.
„Papas Kind." Die ‚Erziehung' der Kleinen schien schon
bald das Mädchen ganz zu übernehmen. Seltsam, ich
stelle mir vor, es ist nur eine Zweckgemeinschaft zwischen
Mutter und Tochter gewesen. Mehr nicht. Bis der Krieg
auch darin einen unerwarteten (und dabei quasi
gesellschaftlich anerkannten, ja gewollten) Ausweg
präsentierte. Ja, die vierjährige Iryna hat bei ihren
Großeltern eine neue Heimat gefunden. Wer will es ihr
verwehren, dass sie nach dem Krieg Babka und ihre, ihr
wohl noch fremder gewordene Welt nie mehr sehen,
geschweige denn als ihre Wurzeln anerkennen wollte?
Großmutter hatte ja ihre Quasi-Tochter, die ohnehin viel
mehr zu ihr passte: Anita! Welche Tragik, dass gerade
dieses Mädchen in Babkas (und ihrem) Kampf zwischen
den Fronten ums Leben kommen sollte und sich der ganze
Konflikt zwischen Mutter und ihren zwei Familien
gleichsam auf ihre Töchter vererbte. Als müsste sich alles
in uns beiden Mädchen konzentrieren: Tacjana ist schon
immer Mamas Tochter gewesen (vielleicht gibt es einen
geheimen Instinkt von Kindern in dieser Sache), ihre*

Zwillingsschwester ... nun ja. Nicht nur, wenn ich jetzt dieses Photo von Anita sehe, beginne ich zu begreifen. Es musste so kommen. Bin ich doch in meinem Streben, mich von meiner Schwester (und damit auch von Mama) abzugrenzen, unbewusst dieses Mädchen geworden. Die Andere. Großmutters Denken, Empfinden – Mamas (unwillkürliches) Ablehnen. Das fremde Kind, das nicht passte, sich nicht anpassen wollte, anpasste. Babkas Enkelkind eben. Die eigentlich nicht zur Familie gehörte und irgendwie mitgeschleppt wurde, weil sie halt in Mamas Familie hineingeboren worden war. Ein Unglücksfall. Oder welche Mutter ist schon begeistert, plötzlich ungeplant mit zwei kleinen Mädchen dazustehen? (Vsevolod Ivanovs Erzählung ‚Das Kind' lässt grüßen!) Tacjana, die ersehnte und geliebte Tochter. Alina ... war es eigentlich nur der generationenübergreifenden Tradition geschuldet, dass ausgerechnet ich diesen Namen zugesprochen bekam und nicht meine Schwester? Wäre ich sonst Mamas Kind geworden? Und hätte Papa dann akzeptiert, dass ich zur Familie gehöre? Nicht ein ihm vielleicht doch viel zu gefallendes Mädchen, das eben in seinem Haushalt mitlebte und sich in die Gemeinschaft einzubringen hatte. Ganz so, wie man(n) sie brauchte. Die jeden Fisch ablehnte, den Papa vom Markt (nicht vom Angeln!) mitbrachte, sich, wenn möglich, in verbotenes Land hinein flüchtete, um heimgekehrt nur noch mehr Ablehnung ihrer Familie zu ernten. Die sich gegen jeden Versuch, sie gefügig zu machen, auf ihre Art und Weise wehrte. Und Babka? Hätte sie mich zu sich aufgenommen, wenn ich meine Schwester gewesen wäre? Nicht-Alina. Das kann ich nicht glauben. Spiegelbilder. Anita2? Ist also

Tschernobyl zu meinem Kriegsbeginn geworden? Seltsam, auch Mama und ich konnten uns nie richtig nahekommen. Obgleich ich fast eineinhalb Jahrzehnte in ihrer Familie lebte und mitgeschleppt wurde. Bis Großmutter ein Mal ein Machtwort sprach und mich aus dieser toxischen Welt herauslöste.

*

Eines Nachmittags war die Nachricht gekommen, Fjodor sei heldenhaft im Kampf für das Vaterland gefallen. Was half Anita da der Trost, ihr Bruder habe vor seinem Tod fast im Alleingang eine namenlose Brücke über einen, ihr nur aus dem Schulunterricht bekannten Fluss gegen den faschistischen Freind verteidigt. Nichts, ihren Bruder gab er Anita nicht wieder. Fjodor nicht, nicht ihren Vater, der irgendwo in der Fremde ukrainischer Weite war ... weit weg ... nur Briefe, die ihn nicht ersetzten. Irgendwoher von Orten, die nicht einmal Babkas Karten mehr kannten. Eine fremde Welt in Unruhe, Auflösung und Zerstörung. Und Anita hatte nur untätig zusehen und warten können. Worauf? Auf bessere Zeiten?

"Alina, ich will auch etwas tun, nicht nur zusehen, sondern ..." "Was?" "Du weißt schon ..." Großmutter wühlte in ihren Wollknäuel, als wollte sie passende Farben für einen neuen Pullover finden. "Lass gut sein, Anita." "Nichts ist gut mehr!" "Aber manchmal ist es besser zu schweigen ..." Vielleicht sollte es auch eine Mütze werden. Oder warme Socken für den Winter. "Du verstehst nicht!" "Doch, glaubst du anderen hier geht es besser?" "Ja, nein ..." Was sollte Anita jetzt noch anderes sagen? Wusste sie doch, dass es hier im Dorf wohl keinem anders ging, jeder für sein Leben kämpfte. Ofmals gar um es. Und doch tat es weh, Alina auch an diesem Abend wieder alleine gehen zu sehen. Ohne sie. Als ob sie noch immer nur ein kleines Schulmädchen wäre. Eine Woche lang, in der Anita Babka beharrlich diese ewig gleiche Frage stellte, die Gefragte jedoch stets auf gleiche Weise verneinte. "Ich frage, bis du 'ja' sagst." "Ich weiß." "Und wenn du nicht bald 'ja' sagst, frage ich wo anderes ..." "So etwas nennt man Erpressung." "Ich weiß." Mit einer strengen Miene räumte Babka ihre Arbeit zur Seite. "Und das ist böse." "Aber ich muss doch etwas tun, ich ..." Und dicke, runde Tränen rollten über Anitas Gesicht, salzige Tränen des Zorns, der Verzweiflung, Wut, Hilflosigkeit, der Enttäuschung. Anita schämte sich nicht einmal ihrer. "Du weißt, das das kein Spiel ist, Kindchen." "Ja." "Dass es gefährlich ist ... und was es bedeutet, wenn sie dich kriegen." "Ja." "Für alle." "Ich werde nie etwas sagen." Großmutter schwieg. Zwei lange Reihen lang. "Und deine Mama?" "Ach, die ... Bitte." "Dann lass mich sehen ..." Anita muss wohl vor Glück gestrahlt haben wie tausend Sonnen. So, als hätte ihr Großmutter den Himmel versprochen.

Tags darauf war Agnieta mit einem Korb auf dem Gepäckträger bei Anita vorbei geradelt. "Hast du Lust, mit mir Beeren zu sammeln?" "Beeren? Eigentlich ..." Anita zögerte. Was wäre, wenn Alina jetzt nach ihr suchte ... und sie suchte Beeren ... "Also, willst du, oder nicht? Endlos kann ich nicht warten!" Etwas harsch der Ton ... aber Anita kannte das Mädchen nicht anders. "Ich komme schon ..." Schnell in den Schuppen laufen, Fjodors Fahrrad musste sie ja nicht mehr mit ihrem Bruder teilen. "Also los!" Bis zum Waldrand war es etwa ein Kilometer, gewohnter Schulweg, die Schlaglöcher waren nur noch größer geworden. Nach noch einem weiteren Kilometer war die Radtour zu Ende. Die beiden Räder im Gebüsch verstecken, so dass sie von der Straße nicht mehr zu sehen waren. Dichtes Brombeergestrüpp zur Linken und Rechten, sie müsste sich den Platz einprägen. Ein kleiner Trampelpfad sodann - diesen Weg hatte Anita noch nie gesehen ... den Brombeerschlag desleichen. (Und sie hatte gemeint, hier wirklich alles zu kennen! Pustekuchen ...) Agnieta riss sie sogleich aus ihren Gedanken - ganz so, als ob sie Anitas Überlegungen lesen könnte. "Wenn wir zurück sind. Hilfst du mir jetzt, den Korb zu tragen?" „Ist er denn so schwer?" „Fragen tut nicht gut. Vielleicht bin ich ja so schwach. Könnte doch sein." Oder auch nicht. War doch Agnieta das kräftigste Mädchen des Dorfes. Der Korb war schwer, wirklich schwer, auch wenn er sichtbar ganz leer war. Unsichtbar umso voller. Nach etwa einem Kilometer war im schilfverwachsenen Ufergestrüpp eines unscheinbaren Baches ein gleicher Korb gestanden. Er war leicht. So leicht, wie er aussah. Agnieta hatte ihn genommen, den anderen versteckten sie an einer scheinbar vereinbarten Stelle. „Jetzt lass uns Beeren sammeln. Und kein Wort über den Korbtausch. Verstanden?!" Gewiss wird sie dabei ihren rechten Zeigefinger über die Lippen gelegt haben. Ganz so wie ich es in meiner Zeit von Großmutter kannte und ich es schließlich ebenso und in ähnlichen Situationen in meinen Tschernobyl-Wäldern machte. (Die Soldaten lachten ...) "Verstanden." Anita nickte. Nach einer oder zwei Stunden 'in den Beeren' waren zwei vergnügte Mädchen ins Dorf zurückgeradelt, einen Korb voller Brombeeren auf Agnietas Fahrrad, dem jungen Deutschen am Dorfrand lustig zuwinkend und lachend. Er hatte zurückgewunken und ihre Beute bewundert. Doch Agnieta hatte all seine Freundlichkeit nur mit Nichtachtung erwidert – hatte sie doch einen Freund auf unserer Seite. „Soll er nur grinsen. Ihm wird's schon vergehen." „Hoffentlich." „Sicherlich!" Aber diese Worte waren erst viel später zwischen schweigsamen Mauern gefallen. Großmutter überflog den Zettel, den ihr Agnieta reichte, ehe sie ihn im Ofen verbrannte. Beeren, Pilze, Herbst, Holz – irgendwann hatte Agnieta Anita den doppelten Boden der Körbe gezeigt; und Anita hatte verstanden, warum sie bald schwerer waren, bald leichter. Ein, zwei Wochen später hatte sie angefangen, die Freundlichkeit des jungen Deutschen zu erwidern, ganz unverbindlich, ganz scheu; hatte ihn gefragt, ob er nicht ein wenig mit ihr Deutsch sprechen könnte (ihr Deutsch sei so schlecht und sonst schaffe sie nicht die Klasse!); noch ein paar Tage später hatte er von sich zu erzählen begonnen und wieder ein wenig später, ihre Finger streichelnd, von so manchem aus seinem militärischen Leben. Alles ganz freundschaftlich, alles ganz unverbindlich und keusch. Ein Mädchen und ein nur eine handvoll Jahre älterer Junge aus der Nähe von Lüneburg irgendwo im Norden Deutschlands. Manchmal spielt das Schicksal seltsame Streiche. Er hatte sich über ihre Bekanntschaft gefreut. Anita auch, nur auf andere Weise. Abends war sie dann zu Alina gegangen und Großmutter hatte aus dem ihr Erzählten unsinnig erscheinende Botschaften gebastelt; Zettelchen, die sich wenig später auf dem Boden des

Korbes befanden. Tage, Wochen, fast Monate; schon neigte sich der Sommer seinem Ende. Dann war eines Tages Agnieta verschwunden, irgendwohin – vielleicht in die Wälder. Oder anderswohin in andere Lande. (Vielleicht dorthin, wo so viele jetzt waren, waren sie nicht mehr sicher zu Hause.) Und Anita war alleine in den Wald geradelt. Manchmal war sie unterwegs bei einem der Deutschen vorbeigefahren, hatte ein wenig mit ihren flüchtigen Bekannten geplaudert – ein fast schon erwachsenes Bauernmädchen mit blauen Augen und von Babka zu einem langen Zopf geflochtenen blonden Haaren. Wäre sie auch noch baumlang, alles an ihr wäre richtig gewesen! Später im Wald war dann noch ein weiterer Zettel im Korb verschwunden, mit wenigen Worten, etwa: ‚Vier, zwei Autos: Weggabelung, rechts von Kurve'. Dann waren Pilze gesammelt worden oder Kräuter für Alinas Tinkturen und Salben. Der Winter war härter. Jahr zweiundvierzig schon. Ihr Vater war ganz im Süden der Ukraine. Nur selten, dass 'seine zwei Frauen' dort oben von ihm hörten. Irgendwann waren neue Aufträge gefolgt, größere, gefährlichere; fast zu gefährliche. (Und sei es nur, des Nachts Verwundete über die Lichtung ins Dorf zu bringen und vor Morgengrauen zurück in die Wälder.) Immer weiter. Dazwischen auch Deutsch bei *ihrem* Soldaten. "Die Butter." "Bei uns ist sie sachlich. Die Milch auch." "Warum?" "Weil eben. Musst du bald weiter?" Fragen. Als wäre sie ein unschuldiges, naives Mädchen. Wie ein Rausch war ihr manchmal alles gewesen; jeder Tag, jeder Korb mit Patronen, Zetteln, Verbandsstoff oder sonst noch anderem ein heimlicher Sieg über ihre stummen Verehrer und Feinde. Eines

Abends ist sie dann mit einem ihrer neuen Verehrer mitgegangen, ein gar nicht mehr so naives Mädchen, erst am folgenden Morgen war sie wieder zu Hause. Ihre Mutter schimpfte laut über ihre pubertäre Tochter. ("Noch nicht einmal fünfzehn und schon ... was sind das für Zeiten!") Sicher, dass das Mädchen nur mit den Schultern zuckte. Was sollte sie sich auch vor ihrer Mutter verteidigen. Gibt es doch wichtigeres im Leben, als sich des Abends brav ins Kinderbett zu begeben. Der Zug ist nie an sein Ziel gekommen. All as usual könnte man sagen. Und Anita fühlte sich endlich richtig angenommen. Nicht nur als das kleine Mädchen für einfache Botendienste, sondern ... Alinas große Kleine. Wochen. Nur eines Tages hatte sich das Glück gewendet. Vielleicht waren ‚ihre' Deutschen durch neue ersetzt worden, vielleicht war Anita auch zu sicher und übermütig geworden, vielleicht hatte sie einfach nur in diesem *einen* Augenblick den Kopf verloren, als sie darauf bestanden, ihren Korb zu durchsuchen. Vielleicht hatte sie also für einen winzigen Moment vergessen, dass im Korb ja nur Pilze waren, wohlschmeckende Pilze für Mama zuhause; hatte vergessen, freundlich zu lächeln, ein wenig mit Blicken und Worten zu spielen und war in Panik geraten, geflohen. Nur weg, so schnell die Pedale sie trugen. Vielleicht hatten die beiden Deutschen in diesem Augenblick alles wirklich nur als Spiel angesehen. Sie kannten ja dieses immer lustige Bauernmädchen, das Tag um Tag in den Wald ging, um Beeren und Pilze zu sammeln; das mit Friedrich zusammen (und sicher!) nicht nur Deutsch lernte, ihnen manchmal russische Wörter aus dem Alltag erklärte und aufschrieb, ihnen zuweilen sogar etwas von ihrer 'Beute' abgab. "Nicht sagen aber, sonst bekomme ich Ärger mit Mama."; die ... "Fangt mich, ich bin schneller!" (Hatten sie daheim nicht mit ihren Schwestern oder Töchtern ganz ähnliche Spiele gespielt?) Vielleicht war es also wirklich nur ein Scherz gewesen, als einer von ihnen das Mädchen aus dem Wagen heraus anstieß. Vielleicht. Aber aus dem Spiel war sogleich Ernst geworden, als Anitas Rad stürzte, umfiel, ihr Korb sich im Aufprallen öffnete ... ganz öffnete ... und sich all sein Inhalt über den Schotter verteilte. Wäre Anita nur hundert Meter weiter geradelt, der Wald hätte sie vermutlich gerettet. Aber so hatte Alina aus ihrem Versteck heraus nur mitansehen können, wie dieses genauso wagemutige wie tapfere Mädchen verzweifelt um ihre Freiheit kämpfte.

Dann war Anita im Auto verschwunden. Das Auto sodann mit ihr. Und Großmutter war nur noch geblieben, aus ihrem Versteck heraus auf die Straße zu treten, die wenigen Schritte zur Stelle des Unglücks zu gehen ... und Anitas achtlos im Straßengraben zurückgelassenes Fahrrad in den Schutz des Waldes zu schieben. Anitas Kampf war zu Ende. Ein paar Tage später war vor der Tür ihres Elternhauses ein abgeschnittener langer blonder Zopf gelegen. Anitas Zopf, mit dem ihr nur wenige Tage zuvor von Großmutter geschenkten Haarband. Und alle hatten verstanden. Noch am gleichen Abend ist auch Babka aus dem Dorf verschwunden. Jeder wusste wohin, doch keiner konnte etwas sagen. "Was blieb auch anderes, sonst wären sie irgendwann gewiss gekommen, mich abzuholen. Wir wussten ja nicht, ob und wie sie das

Mädchen zum Reden gebracht hatten." Jahre verstrichen, ehe Babka wieder in der Heimat auftauchte. Eine Zeit, über die sie nie reden wollte. Mit ihrer Tochter nicht. Auch nicht mit mir Jahrzehnte später. "Das musst du nicht wissen, Kindchen ..." Ihre verlorene Tochter schien verdrängt aus ihrem jetzigen Leben. Anita nicht. Wie auch? Den Weg zu jenem riesigen Brombeerschlag ist Babka nie mehr gegangen. Auch nach dem Krieg nicht, wo doch keine Gefahr mehr bestand, ihn zu gehen. Ich musste selbst ihn mir finden. Babkas eisiges Schweigen, als ich ihr harmlos von diesem Brombeerplatz erzählte, an dem ich innerhalb weniger Minuten einen Korb voller Beeren pflückte. Am Abend begann sie von Anita zu erzählen. Vieles konnte Großmutter den Deutschen verzeihen. Es war Krieg. Furchtbarer Krieg, in dem andere Gesetze galten. Nur eines nicht: Dass sie Anita ihr nahmen. Punkt. Nach nicht einmal einem Viertel Jahr bei ihrer Mutter, kehrte Iryna zurück in ihre neue Heimat. Die stolze Jung-Pionierin. Papas Kind. Großmutter Tacjanas. Die fremde Tochter, verloren; gleichsam als wäre auch sie nicht mehr am Leben. (Nur ein Grab fehlte, zu dem Babka gehen könnte.) Schweigen, dass sich über Vieles breitet. Anekdoten, die blieben. Erzählungen von großen und zuweilen auch kleineren Taten, die die Mächtigen am Leben hielten. Bilder. Wir sind gewiss nicht die einzigen, die von jenen Jahren des Krieges nur aus fremden Berichten erfahren. Unsere Eltern und Großeltern schweigen. Eine eiserne Mauer. Allenfalls Bruchstücke eines fremden Lebens, die uns übermittelt wurden. Sie könnten auch aus Kriegen heutiger Zeiten stammen. Bosnien, Tschetschenien, Syrien, Ukraine - nur um einige zu nennen. Jede Generation hat ihre Traumata, Wunden und Geschichten, die sie mal mehr, mal weniger prägen ...

*

Ich habe Beeren gegessen, Pilze, frisches Gemüse, Äpfel und Birnen; bin in leuchtende Wälder geflohen, um dem hier, jetzt, dem daheim zu entgehen; habe Luft geatmet, Wasser aus klaren Quellen getrunken, Honig in Flaschen erstanden, ihn löffelweise zu essen oder auf dem Markt zu verkaufen, habe ... Honig aus Tschernobyl. Meine Heimat hat die Erde verschlungen. Meine Welt, meine Wurzeln. Wer hat mich verraten - meine Mutter, Tacjana, mein Vater? Schweigen. Großmutters Enkelkind. Eine richtige Schwester hatte ich erst, als Shirin ihre Hand in die meine legte und wir gemeinsam in das Abendrot gingen. "Kleines Vögelchen." Warum ist nicht sie Ihars Schwester gewesen ... Die Andere - bin ich deshalb so heimatlos geworden?